白衣大士

鏡像攝影

達摩面壁

鏡像攝影

長 者

鏡像攝影

copyright Ⓒ by 鏡像

鏡像攝影

copyright Ⓒ by 鏡像

鏡像 詩集

靈魂

鏡像 ○ 著

緣起　結緣

因緣相

我是你的緣份
　　是隨緣的奇蹟風光
我是你需要的
　　隨緣顯現的
　　　圖騰和任何物像
我隨心寫的詩
　　有緣看的人
　　　什麼樣子的心
　　　　得什麼樣子的意相
愛得愛　恨得恨
　　其它的心
　　　就得其它的境相

有什麼樣子的心相

就有什麼樣子的模樣

都是心投射的鏡像

又讓心不斷地妄想

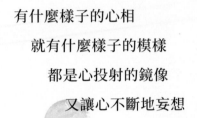

祝願有緣的人如意吉祥

一場邂逅

有了煩心的愁

只是為了度春秋

晨露染了衣袖

更因相思扣

讓人日漸消瘦

有了溫柔

塵世輪轉依舊

目

錄

CONTENTS

目錄

CONTENTS

目　錄

C O N T E N T S

目錄

CONTENTS

邂逅是因緣

一場邂逅
有了煩心的愁
只是為了度春秋
晨露染了衣袖

更因相思扣
讓人日漸消瘦
有了溫柔
塵世輪轉依舊

一壺濁酒
紅塵風雨裡行舟
因緣的故事
究竟何時方休

春風依舊

輕柔的月光如洗

恍惚夢裡回到蘇堤

情意塗抹了雲煙十里

朝夕裡只是一筆

雲煙裡原來是你

依偎在山水的情思裡

不知何時為期

春風依舊　心情是題

情執是煩惱

心中的煩惱
像亂絲一樣地纏繞
無處潛逃
執著在紅塵裡一遭

因情執的心跳
有了夢一樣的喧囂
陰陽糾葛熱鬧
有了起落的海潮

心生愛的思緒

一縷雲煙就縹緲

只是心念的一秒

愛成了懷抱

心就永遠尋此依靠

從此難有解脫之藥

沒有了逍遙

迷茫與消失

迷茫的時候

看不到希望的路途

茫然的心

感覺非常的無助

走過的風雨路

只有自己的影子

他從來不會辜負

生命裡有一身風骨

在曠野裡獨舞

那顆心隨著風兒

遊蕩著看日落日出

不知留下了

多少孤獨的腳步
只是又被風塵淹沒
成了過去的音符
飄散了　哪裡是歸處

只有生命的影子
執著　很在乎
不希望消失
卻隨著歲月地流逝
慢慢地淡去
可是還糾纏著身軀
繼續做心的伴侶

紅顏和皺紋

春季潤了你的紅顏

冬季將頭髮染

白髮成了傍晚

只是一眨眼

走老了一世人間

可你美麗的眼

鎖住的是芬芳的花顏

心還留在春天

不肯說再見

還是執著情感的留戀

桃花成了

駐守在心間的思念

放不下昨天

那一縷迷人的雲煙

拒絕著當前

走老了歲月的時間

模樣卻隨著風

一路糾纏

只是鐫刻了塵煙

最後　記錄的皺紋

也隨著風消散

夢中隨緣走

情深情淺

都會有聚歡別愁

緣大緣小

猶如一場春秋

皓齒明眸

老了也要蹣跚白首

繾綣溫柔

最後陰陽相隔夢休

人生如行舟

紅塵裡隨波逐流

浮生悠悠

妄心隨境依舊

在塵世裡染浸污垢

心中無盡的煩憂

繼續地喝著

讓人迷濛心思的老酒

看開了放下回首

靈山就在心頭

輕揮一下衣袖

向一切煩惱分別揮手

隨緣而住瀟灑走

我思　風思

在湖畔悠閒散步
欣賞著湖的景緻
不知為甚
看著湖面沈思

同樣是微風徐徐
月光下的漣漪
在夢幻裡
陽光下的漣漪
在熱情裡
為什麼竟然如此

納悶在心裡
忽然地臆想猜思
如此地顯示

舞伴柔風的心裡

是否知悉

湖水　隨境的心意

風　竟然表示

我也疑惑在心裡

給的同樣是

溫情徐徐的氣息

為何有不同的情起

顯示了不同的密意

還是花了眼

誤判了表達的情意

晚秋的晝夜

越來越涼的風裡

太陽每日

都會晚一點起

我喜歡浸在晨曦

也只好將沐浴推遲

變長了的夜裡

星星已稀

同樣是月光之下

心卻少了愛的溫度

在如銀的涼裡

片段心境

風雪已停
天空開始放晴
心隨著風走
好像身心輕盈
拂過了河畔情景
好像是心所映
好像是心境

一番究竟
好像是天地心情
不知誰跟著誰走
好像心和天地很輕
可能是悠閒之境
天庭是心的門庭
是心的相境

琴弦 輪轉

凝神彈著琴弦

心隨著音符遊走蒼天

悠悠琴曲綿延

也陶醉撥動了心弦

流露出的音符一直婉轉

沒有停頓的句點

心不知到了哪方河畔

猶如幽幽夢幻

夢幻的心撥著絲弦

追逐著紅顏

浪漫忘卻了睡眠

不知停歇　不知疲倦

鳥雀叫聲猶如呼喚

看看藍天　琴音已倦

紅塵一夢　幾世愛戀

又是幾世悲歡

我心輪轉了天地

還是天地將我心輪轉

我是一顆塵埃

我是一顆塵埃
卻有他的因緣
靈魂的情感
有一條絲線
縫出了蒼穹的藍天
縫出了廣闊的地平線
縫出了地球這個世間

塵埃中的太陽溫暖
月亮放出一條紅線
在心的天地間
生出了愛戀
有了生滅的姻緣
你我有情相連
卻貪戀著你潤滑的肌膚

美麗的雙眼

從此　輪迴纏綿

情慾的大海常起波瀾

執著的芬芳裊裊遙遠

剛看清了你的容顏

又換了輪轉的天地

花開花落進入眼簾

情生情滅在心間

那是心念的連線

又生的彩蝶夢幻

塵埃的心間

熱血的上面

也有一顆塵埃

漂蕩在上面

他也有生命的空間

是鏡像我執的世界

愛恨取捨的世間

他也有美麗的雙眼

還有看穿世界的慧眼

修 行

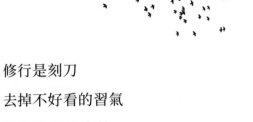

修行是刻刀

去掉不好看的習氣

把你雕刻得美麗

真正的修行

只是把你的腐朽去除

保留自然的形體

自然的紋理

你最自然的綺麗

那是渾然天成

最珍貴的本質

原本的自性顯示

抖落一身風霜

宿命的倔強

命運坎坷滄桑

執著的心

走過了的過往

都是為了誓言願望

盪氣迴腸

卻是塵世夢一場

抖落一身風霜

那是曾經的時光

沐浴過陽光

沐浴過月光

還有寒涼的遠方

火熱的心房

重拾心中的夢想

不再迷茫

瞳孔裡　你的模樣

不曾遺忘

雖然身在鏡像

淚濕了眼眶

磨難把心撞傷

我還是願意

遊走在紅塵的四方

幾世滄桑

只是夢幻心想

如同風霜

抖落　即不著衣裳

念念不忘

還是你的憂傷

你的眼睛

還在我的心房

心兒癡狂

我願意為你慈航

寂寥的夜　恍惚

又是一個寂寥的夜

沒有你　只有微風

仰望著星空

看著眨眼的星

臉上映著銀色的光影

我把詩寫進

這迷人的情景

好像天使在飛行

我恍恍惚惚地

把她看成了你的身影

時常想起

虛幻的泡影

隨風散盡的塵影

那是昔日的戀情

像夏日的螢火蟲

滿天閃著晶瑩

那是愛的淚滴

閃著光的熱情

過後　即是冬天的寒冷

躲在屋子裡

從窗裡向外

看不清夜空的星星

啊　真心換不了真情

心冷的如寒冰

妄心的夢瑩

一切都是夢幻泡影

只是時常想起

滿天飛舞的

螢火蟲的熱情

光芒 心房

月亮的光芒

黯淡在城市的燈光

燈光沾染在身上

感染了心房

從此有了徬徨

多了惆悵

更多了你的臉龐

讓心有了蕩漾

也有了柔腸

月光的清涼

不知何時

變得迷離情長

有了花飄香

心 沈迷在花房

在塵世裡遊走四方
忘了靈光
忘了天上的故鄉
慧光埋在妄想的心房

雨點打碎了湖面

雨碎了湖面
雨點的花朵驚艷
如同打碎了鏡子一般
滴滴的雨水聲
似把平靜的心催亂

剛才悠揚的笛聲已斷
細雨濛濛的天
多了一份惆悵
多了一份惆悵的情感

我的心也雨點不斷
沒有了安詳情境的心靜
雨點濺起的水花
又把雨點的漣漪打亂

似不願意去的秋雨

情絲萬縷

似不願意去的秋雨

想你的時候

又不知你在哪裡

自從去年秋天分離

常把你回憶

你就像秋雨

帶來的冷冷寒意

冬天已在招手示意

為何還是留戀

滿山秋意濃的楓樹

秋天雖然是

絢麗的詩情畫意

可是　必然帶來

燦爛後的白雪和枯枝

從喧鬧到空寂

只是晝夜的夢囈

因緣的故事

有可能是花季

也可能是殘暴地

摧毀花朵的暴風驟雨

我想要天堂的愛意

要無苦的蓮花季

讓心在吉祥裡陶醉

兩眼相對

不見眼淚

你瞳孔裡的我憔悴

不知你是否為我

曾經打開過

你那芬芳神秘的心扉

沒有心碎

沒有傷悲

我已經不再有眼淚

那份積累的塵灰

已經被風吹

飄散　猶如煙雲飛

煩惱的灰堆

究竟是為了誰

有了光明的慈悲

心已空淨無灰

誠心與佛相對

讓心在吉祥裡陶醉

水中花

世間多風沙

也會有無形的籬笆

為了追尋繁華

從黑髮到白髮

最後把酒灑在月下

欣賞水中花

世間分真假

妄心的一句話

朝霞與晚霞

皆是太陽的圖畫

夜空裡的月牙

可以附庸妄心的風雅

一片朝霞

你在心中留的一抹香
讓心有些紛雜
從此　看見你的臉上
起了一片朝霞

微風吹起了彩色的紗
讓心有些無暇
不知應該如何應答
一段青春的年華

細雨淋濕了……

面對你甜蜜的笑語

心生一點靈犀

從此　下起了綿綿細雨

濕了你的花衣

也濕了我的心意

不在雨天打著雨傘

情願淋濕了你的髮絲

也淋濕我的情詩

春風吹出鮮花

孕育著未來的果實

春風也化雨

播種了相依的傳奇

從此有了情箋寄

有了相思的詩詞畫筆

書寫著飄逸

書寫著相逢的佳期

靈 魂

獻了殷勤

得到了一份溫存

全因回首頻頻

有了一念的春

生命裡的那個靈魂

究竟值錢

還是不值分文

一路探尋

看不見他的蹤痕

想要詢問

他說心生的靈魂

要用禪獨吞

放進心房的抽屜

曾經的情思

已經埋入心底

曾經的暖風

已經平靜停息

假象變成了謎語

卻又難以解迷

好像無期

也淡化了行跡

穿一件華衣

遮住心情的涼意

把它折疊起

放進心房的抽屜

如來藏

迷時不相知

覺時是一體

迷時不同識

覺時卻是一

如來藏識

真妄各半

您塗花了眾生的臉

將宇宙演繹

璀璨了夢幻世紀

讓心分真妄

又糾纏難以分離

不斷不執桃花

心念斬斷情絲桃花

春季溫暖依然隨風開花

片片鮮豔花紅

輝映直到滿頭白髮

執著不見它

卻在心裡依然芳華

想一世自在瀟灑

心中無牽無掛

想覺悟出家

拒絕迷幻雪月風花

卻身在宿世繁華

那裡都會看見朝霞晚霞

千年只是一刹那　鏡像如絢爛之畫

給水中月點硃砂　起波紋散如煙霞

恍兮惚兮披輕紗　彷彿夢中月光下

就是到海角天涯　還是如來掌中砂

靜心飲一味禪茶

體會一味

離不開清水和茶

色即是空　色不異空

為何斷絕它

佛陀點化

沒有眾生哪有佛法

不執不斷　隨緣築塔

即是慈悲方便

隨緣智慧　自在之法

憑欄空對憾

歲月盡是遺憾

臨風輕輕嘆

來來去去猶如南飛雁

夜路無君伴

形影孤單

相離即是相望兩端

憑欄空對憾

徒留情長念

望穿秋水寂寞思戀

明知是夢幻

把握當下即是

卻空對了歲月幻念

世間皆虛幻

不執著像念

生心念想是無住隨緣

心念起處

愛與恨　榮與枯

心念起處

即是風和雨

從此　情執分別刻骨

不見浮屠

匆匆忙忙在朝暮

只見眾生皆苦

不現清靜佛土

煩惱中回顧

看不到心中聖湖

只有煩惱的面目

紅塵假象如故

貪嗔痴慢疑

即是現在　也是之初

心念起處即是歸處

承諾的泡沫

因為有承諾

一直執著過

哪知一首情感的歌

旋律有著起落

還有情感的斑駁

鏡像讓其褪色

在激流裡消磨

體會著清濁

激起很多的泡沫

生起了　又破滅

不見心靜默

只因心念的承諾

畫了彩虹印記

開心地遠遊幾日

只是為了回憶

命運要將你帶到異地

緣份要畫下句號的標誌

沒有兩行淚滴

也沒有哀傷難離

只是平靜地

看著故事的演繹

無常的世界裡

當下的幸福

才是最美好的記憶

微笑著認識

微笑著離去

我們像光和水氣

在緣份的世界裡

合作畫了彩虹印記

點燃一盞燈火

人生飄泊

風雨歲月蹉跎

茫然不定的生活

將身心折磨

淡忘了曾經的許諾

夜晚時靜默

相思淚雨滂沱

點燃一盞燈火

把心意寄託

消除累積的寂寞

八苦執著深鎖

諸相輪廓

只是心的舊詞新墨

清茶一杯品酌
色空　心湮沒

煙雨風波
任性的妄念太多
諸事淡泊
色空名相看破
對比執著妄心寂落

星光已經滑落
夜色蒼茫已破
晨曦撒落
微風輕輕拂過
日頭東昇　灑脫

吉祥的心像

一陣清風

吹開了心花香

在廣闊的原野上

有白雲的想像

白雲上有吉祥的聖像

滾燙的心情

像疾風一樣

無垠的天空上

飄蕩我熱情的歌唱

我的心像天空一樣寬廣

寬闊的胸膛

像天地一樣

內心歡喜

才會有光明的艷陽

有百花怒放

有快樂的吉祥

問蒼天

回眸一笑的眼
撥動了浪漫的心弦
瞳孔裡百花香艷
蝴蝶翩翩
真誠地希望愛到永遠

陽光燦爛的心田
魂縈夢牽的月圓
只是那微笑的一眼
心生了桃花源
有了相思的因緣

今世能夠遇見
只是流年
還是永恆不變

抬頭問蒼天

情緣是美麗的雲煙

還是真誠到永遠

花季 紅塵

女孩的美麗

是青春的朝氣

在純潔的笑容裡

開出的花季

皮膚的彈性滋潤

就是鮮花的標誌

像是清澈平靜的水面

我心動了頑皮的手指

輕觸她做了遊戲

她為我　心動了漣漪

滄桑的風吹起

從此　皺了臉皮

污染在紅塵裡

一抹 一吻

一抹胭脂紅了臉

秋季楓葉紅了山

一吻唇紅印心間

那是夕陽照霞殘

溫暖隨秋雨離去

嘴裡說著無事

眼睛看著窗外的秋雨

更是那一聲輕輕的嘆息

暴露了煩惱的心情無遺

窗外的雨點伴著秋風的涼意

猶如惆悵的心意

樹葉花瓣隨著風雨飄離

把你送到了千萬里

從此在孤獨的嘆息裡

日子漫漫　秋風戚戚

從此不願意提起

只有淚滴濕了衣服

猶如秋雨濕了大地

溫暖的記憶隨著雨水流去

緣份也是虛幻的雲

愛過的人有緣沒有份

猶如夢幻的情人

依依不捨會留下傷痕

留下傷心的寒冷

自然的緣份

有它的規律

看起來挺殘忍

那是前世的恩

前世的情和恨

演化得冷酷與溫馨

內心感受的體認

淡淡的清新

淡淡地相認

淡淡地面對人生

不留一片記憶的愛恨

不要把情境太當真

那是虛幻的雲

迷惑了人的靈魂

美麗善良的人

不願意承認

自然的規律有點殘忍

唯有禱告面對神

聚散是緣

曲終人散
世人的心　世人的雙眼

寂寞孤單
妄心沒有了靠山

熱鬧非凡
海市蜃樓的車站

沈醉後的清晰
卻是夢醒的遺憾

鏡像如幻
明白就是心碎的瞬間
寂靜　是孤獨的淚眼

有愛戀

心想償還虧欠

難以實現

相聚的緣份是天

寫下幾行情感的詩篇

在照片的背面

雖然往事如雲煙

還是在心裡不忘纏綿

念念不忘的話語

老是迴響在耳邊

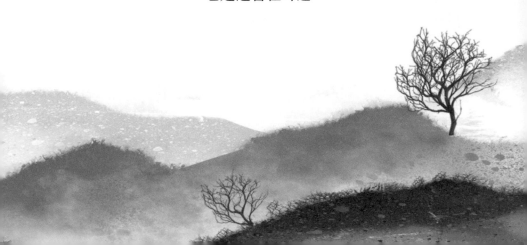

人心期盼永遠

忘了來去規則不變

熱情的纏綿

抵不過冰冷的聚散

雖然情絲相牽

希冀著白頭暮年

忘了八苦相伴

無明的妄念

是六道魔王的轉輪

妄心的手在撥轉

留一片天空自由

輕鬆地放了手

因為淡了塵世的要求

隨風的心情

自然地沒有了傷口

看看西沉的日頭

輕鬆地游走

不用為誰牽掛

也不用執著地守候

留一片天空自由

隨緣逗留

自自在在地

靜靜地看滿天的星斗

春風掠過心底

春風掠過心底

掠起塵煙飄起

從此有了春風花雨

有了如花一樣美麗的你

春風掠過心底

景色使眼迷離

有了花開花落的春季

有了碩果累累的秋實

春風從哪裡生起

為什麼吹到心裡

為什麼柔情的風雨

溫情地拂開美麗的鮮花

又將花摧殘在手裡

佛說　眼見的風雨

是心想的風雨

是業識的風雨

是無明的妄心吹起

心中的思念

許了一個願
那是心中的原點
畫一個圓
是否能回到從前

只是一轉眼
已經多年
心中的遺憾
沒有少　好像在蔓延

春天輪迴了多遍
你俏麗的容顏
黃昏裡不見
只有隨著風的思念

思維有些擱淺

你離開了那麼久遠

為何感覺在身邊

還有花瓣被風吹來幾片

情絲難斬斷

重逢又路漫漫

哪怕只是一次擦肩

也算滿了心願

煙波　著墨

滄海浩渺煙波

我在您的灘灣停泊

經歷了遙遠的山河

我的心將其划過

那是心的筆墨

了一段因果

從此安住蓮花座

清淨地寂滅了煙波

我只是塵世的過客

由著心戲說

將緣份的歲月消磨

隨著因緣斟酌

我不是我

消了執著分別
還有妄想的灑脫
殊勝之圖由心著墨

煙幕的印記

心兒有所住

喜歡依著裊裊煙幕

不知又何辜

身在塵世裡住

輪迴不見殊勝淨土

皆是染污的故居

蒼茫世界人生路

妄心不在靈山處

四處飄浮

顛毀了心房不安住

無處上岸得度

不見智慧樹

留一圈印記虛無

灑一泡尿在擎天柱

想做齊天大聖

卻在五行裡居住

不知十法界

也在心裡歸處

心猿的桃花

心猿意馬
迷惑在顛倒榮華
聲香色味觸法
生出飲食香茶
生出一場燦爛煙花
來世的種子發芽
繼續輪轉的塵沙

無明妄心的書畫
情執的桃花
眉間一點硃砂
再續來世的雨下
將心花抒發
花開月光之下
十指輕彈心弦的琵琶

天上的一剎那

一世的塵世喧嘩

從暖風裡的春花

到寒冷的潔白雪花

風流倜儻都是假

只是為愛折花

八苦的傷疤

天地浩大

愛恨糾葛的意馬

虛幻之家

心動的浪花

投射出西天的雲霞

海角天涯

只是情執的牽掛

為一季的桃花

披上彩紗

月光之下作畫

歌謠似呢喃的情話

耳旁　慾海聲抵達

心猿一念之差

虛幻了一座大廈

心動的新芽

未來一場夢中繁華

雪 花

片片飛雪　膩在你的眉睫
不見明月　醉在白茫夜色
潔淨無邪　皚皚帶藍重疊
輕柔之歌　情留舒捲過客

慈悲的顯示

河畔的木椅
靜靜地在光影裡
它已經不是樹
換了一種生命的形式
只是心願沒有變故

做樹的時候
為眾生提供氧氣
犧牲了以後
變化成了寂靜的椅子
為了大家能夠休息

佛陀的經典宣示
有情無情　相同種性

這是心的故事

您是菩薩

大慈大悲的顯示

心河兩岸

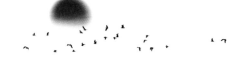

相續前世的因緣

萬物變幻

塵世的迤邐空間

只不過是妄心的衣服

換著衣物的妄念

我來自心河的彼岸

站在心河的此岸

你我的緣份

有了此岸的一面

只是極樂在心河的那岸

花開花謝在庭院

坐著站著　只在眼前

回屋躺著　還在眼前

思維禪觀

是心投射在眼簾

生命短暫

沈醉在紅塵間

七彩霓虹的絢爛

忘了極樂的彼岸

只是心河此岸的對面

迷 茫

朝　沐浴晨曦

夕　陶醉在晚霞裡

看晝夜輪轉不止

天地日月相戚

好像它們在我的心裡

又好像不熟悉

相距非常遙遠的距離

白晝的喧鬧裡

心卻孤獨

好像不屬於這個世界

又好像在虛幻裡

人影參差重重

沒有面孔相識

心想　這是哪裡

黑暗中孤寂

感覺時空深沈靜謐

一支白色的蠟燭

流著奉獻的淚滴

情感的光亮在眼睛裡

心裡升起光明的希冀

思索人生的路

觀察世間萬物

一會兒清楚

又一會兒糊塗

六根不明白究理

編織隨境的故事

智慧的眼睛卻不顯示

前世的淚滴

心想花開並蒂

霓裳羽衣

演一齣浪漫逶邐

只是那片雲雨

是前世的淚滴

無法安棲

更無法如意

隨風飄動遠去

並無歸期

只是風景烙在心底

成了深刻的印記

秋寒冷霜又起

僵住了的思緒

凝結了新的淚珠

重寫了一篇

情深傷感的詩

又回到夢裡

製造一片情執的雲雨

來世再演繹

詩篇裡的故事

盼著並蒂

能夠美好地安棲

一粒塵埃

一粒塵埃
有佛坐在蓮臺
有眾生有情
有生命的去來
有美麗的花在開

本來清淨空白
卻動心把花兒栽
情執了幾世
就為了回首
體會迷戀之愛

因為有執愛

那因緣的塵埃

似無邊的海

緣盡　花謝時無奈

祈盼心生蓮臺

遊走塵世多載

隨著因緣念來

想用心悟透

卻放不下未來

落寞時發呆

明鏡亦非台

為何惹塵埃

隨境心生執愛

妄念取捨分內外

轉念生佛臺

既然是塵埃

也是空白

我想在紅塵裡做塵埃

隨境遊玩

隨緣幻滅即是空白

親 吻

月亮的親吻

印到了樹梢上

樹影的親吻

印到了長椅上

愛的親吻

印到了紅潤的臉龐

微風的親吻

讓生靈心兒搖盪

搖盪光影的親吻

讓熱情飛揚

我多希望你的吻

能夠印在心上

勿執著鏡像　遨遊

鏡像相鉤

七色相逗

心有些飄曳情抖

輪轉的轉盤

轉了多少秋

驀然回首

好久　好久

故里已舊

有些醜

卻夢魂縈繞心頭

內心感覺溫柔

追逐不夠

無休　無休

寄夢美好邂逅

容顏情感相逗

愛意纏綿有

妄心追著走

執著情意強挽留

不夠　不夠

鏡像美景

瞧個夠

卻不歸你所有

逗留　心叩

卻是在六道裡守候

為何不飛出門口

遨遊　遨遊

清 淨

心清淨
芬芳自生
獨自一處幽馨
寂靜風姿亭亭
月光清清
風臨綽綽疏影
清香優雅清淨
安詳光潔晶瑩

方寸悲心
獨自幽芳非清淨
雖然是幻夢
一輪明月含情
光照紅塵
眾有情如母親

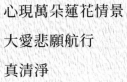

心現萬朵蓮花情景

大愛悲願航行

真清淨

灑遍了命運的蒼天

萬千美麗風情

只是春花開滿了天際

隨風飄了萬里

只是紅塵來來去去

心　何時是歸期

笑看桃花紅了春季

也紅了整個心跡

浪漫的愛情故事

充滿了記憶

佈滿了生命的軌跡

人面桃花的相依

繼續輪轉著春天的花季

灑遍了命運的蒼天

是心生美麗的桃花情籽

種花　花艷

春花鮮豔　馨香飄散
春風有緣　花雨變甜
滋潤心田　春泉湧現
養花一片　心植一園

紅塵相見　雙手相牽
從此相念　猶如蝶戀
原來從前　就曾相歡
前世情願　今世花仙

情 痕

輕拭心上的水痕

那是你的唇印

撥動的心琴

沁潤出來的漬輪

從此打開了心門

你的情意　瀰漫了

成了美妙的心韻

蕩漾出暖暖的情溫

滋養了情份

絷下了交會的根

不知道　是該感恩

還是淡然地看因

情海浩渺無垠

浪漫將妄想的心透浸

留下了情的水痕

都是心念

氣吞山河兮

為何柔腸情牽

有一份兒女情長的羈絆

心常在相思河畔

心大 蒼穹充滿

卻留有餘地的花艷

芬芳了心田

七彩繽紛了宇宙空間

大氣的心和小氣的心

都是同一個心田

既然有兩種心現

浪漫和空蕩都是心念

桃花依舊笑春風

桃花依舊笑春風
情絲不斷的慾情
輪迴被情執緊密相擁
桃花的紅色染遍了春風

心花怒放　春花相應
只是心情的透鏡
春花爛漫的春季
是心　美麗幻象的投影

柔情浪漫的春風
輕撫了花蕾的深情
情戀開放了芬芳的春景
相續的種子在六道裡播情

感 知

無所謂聖凡雅俗
淡淡地模糊了情物
難得有些糊塗

事物的榮枯
人的成敗勝輸
功過是非名利
只是心裡的認知
淡淡地如白雲漂浮
自然地瀟灑自如
沒有了障礙的屏幕
內心舒適
模糊了有無

日落日出

自然歸處

融於天地

形影在四季裡孤獨

乾坤卻在心裡

淡定　坦然　怡然

歸入了安詳的清淨裡

不知是否覺悟

風和雨歇息

溫馨瀰漫整個蒼宇

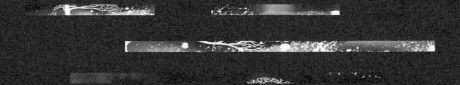

猶如一份溫柔

清澈的山間溪流

甘潤沁入喉

在這裡等待了太久

只盼著濛濛細雨濕透

將情絲注滿衣袖

細雨滋味過後

那份清新的香依舊

猶如一份溫柔

在心裡永恆地駐留

眼前經常是

她微笑美麗的眼眸

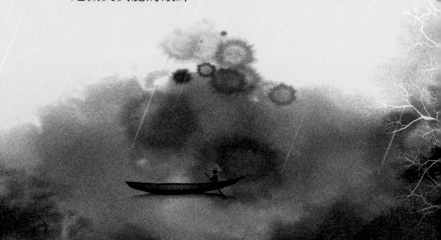

雨滴與思念

雨滴打著窗子

聲音迴盪在心間

希望你能出現

不要老是在夢裡見

更不要在幻境裡纏綿

成了落葉片片

我不想入眠

等著你幽然地露面

上次就是雨打著窗子

你回歸了思念

心語的腳步

陪你一同遠去

尋找天花繽紛飛舞

命運的遊戲

只是心念的腳步

你想了解心意

我的心就是你生命的影子

愛會隨著你去

生命會歸到天宇

自然的洗禮

萬物氣息的相聚

那是因為前世的心語

有了今世的機遇

不管願不願意
都是命運的神諭
我想輕輕鬆鬆地飛去
只做隨緣的花絮

心在風雨又生風雨

悲在執愛裡

恨生在心裡

因為有遠近的人事

心　又在風雨裡

淋濕了髮絲

又淋濕了衣服

滿心都是

雨水流過的痕跡

住在鏡像裡

不知是心相的影子

流轉了多少世

只因分別心和愛執

那潛伏的種子

發芽了無數次

生命的業力

換了無數次的天際

舞動著妄念的翅膀

製造著風雨

心　又在種子識裡

記錄了無量

妄念風雨的痕跡

備註：種子識，一切種子識為所有生命最初的根本
識，又稱阿賴耶識、如來藏識。

是否有約

樹上枝杈的白雪

層層堆疊凝結

像是潔白的花

又像晶瑩棲息的蝶

在晴朗的天空下皎潔

不知它們是否相約

樹　是否知曉

冬季白裡帶藍的雪蝶

猶如美麗的傳說

已經輕輕地棲在枝窩

雖然只有短短的緣份

那是真實的

還是夢裡美麗的幻覺

在陽光下的風裡

抖落了冬季的寂寞

歡樂的留影

將歡樂留影

卻把感傷播種

逝去的歲月

在搖椅的沉思中

歡樂是情有獨鍾

只是輕微的冷風

就會消散了畫面

從思念的夢裡走出成空

常常在回憶裡

看到熟悉的笑容

往日的時光

多少相思相憶的彩虹

伴隨著走過了寒冬

心中的情濃

有時只能淚眼朦朧

輕輕地將搖椅搖動

在夏季的星空

不知哪顆是你

如何才能相擁

曾經的相處歲月

讓人心動

心動以後

卻是牽掛的心痛

歲月匆匆

生滅聚散

終究會成空

將所有的歡樂相送

必然有雨水

天上的雲兒
飄灑著悵然的淚水
陰暗的心情
連綿了記憶的約會
再也難以追回
沒有藥　治療後悔
滂沱了情感的慚愧

心兒哭泣了機會
因為以前的美
希望能夠再來
沒有想到
美過了卻會傷悲
內心卻還是會追
不會覺悟面對

漣漣的眼淚

飄灑了收不回

不管是為了誰

心心相印的依偎

希望一生相隨

只是事與願違

所以必然有雨水

寒冷的心情

寒冷凝結了心情
冰冷的感覺很是孤寂
如冰花的淚滴
是凍寒的回憶
是寒風吹過的夜裡
刺痛的僵硬的身軀

傷心的哭泣
是因為執著的癡迷
在心底裡
深藏著別離的種子
愛的越深

淚水的泉湧難止
寒冷的冬季
和冰冷的心情
因緣湊在一起相聚
刻下冰雕的傷痕記錄

秋風秋雨中的詠嘆

愁緒猶如秋雨

滴滴打著玻璃

聲聲進入愁緒的心裡

秋風秋雨的涼意

使葉子掉落了滿地

片片葉子寫著憂鬱

曾經的青春氣息

曾經的美好甜蜜

已經變成了哭泣

已成了散在秋風的記憶

菊花開在秋天裡

笑迎著冷風地吹離

我願意和你相聚

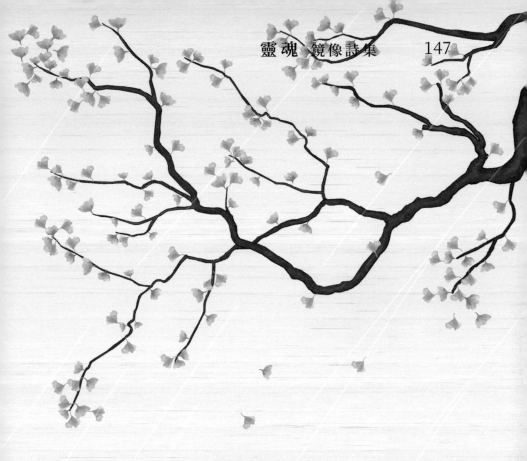

在這變冷的秋季

留一片彩色在生命裡

無常　忘情的風

你打碎了
　　我最美好的情鏡
　　　破壞了
　　　　我美好的夢
雖然剛開始
　　我的心中現出的是
　　　推開窗戶
　　　　看到的美麗晨曦
　　　聽到鳥兒
　　　　婉轉悅耳的歌聲
　　以及嗅到空間
　　　瀰漫的氣息清新
　　和微風吹動的
　　　叮噹悅耳聲的風鈴
……

可是

　　現實世界的風

　　　　把你雕刻了

　　　　　　滿身的痕和星

　　　　成了無垠的夜空

　　　　　　幽幽亮的

　　　　　　　滿是萌萌的星燈

遮掩了清澈清澄

遮掩了純潔透明

但是

　　還是那樣的迷人

　　　　風姿綽約又亭亭

多了五味

多了五色

更多了
　　有形世界的五行
你還是那樣的晶瑩
　　永遠不失
　　　韻味的空靈 ……

我的夢被摧毀了
啊　你摧毀了
　　我的美夢
你的狠心無信
　　就好像喝了
　　　　孟婆的忘情水
　　　　　戚戚又無情
就像太陽風暴
　　吹發了火星的水
　　　吹熄了有情的命燈
亙古的星空
　　星斗移轉運行

就像你的心兒

　　轉移了

　　　　命運的軌跡

　　　　　變換了你的戀情

把承諾從耳旁吹走

　　異變成了

　　　　狠心忘情的風

　　　　　無形無影　卻傷疼

……

傷疼的風

　　由妄想的心生

識轉了

　　風就轉了感情

心動了

　　就隨著風走境

疼的假象

　　因緣妄念

　　　　具足了就現呈 ……

我的心

是大虛空

生一切法

和眾生相同

七情六慾的八苦

由心變現的幻境

形皆有識

念念皆成形

想不隨波逐流

無我執

和法執的慈悲

把心定住在聖境

淨念相續永恆

命運的手

命運的手

把愛扯進心頭

又把愛扯走

讓愛建了心樓

又拆了心樓

把相愛相守

變成了等候

讓思念的沙漏

無量相思的沙不留

期盼命運給一個邂逅

有了愛戀

不一定不分手

惺惺相惜

也不一定能長久

兩心相依

也不一定到白頭

沒有理由

都是命運的手

諸事無常

這才是真正的理由

今世夢境　前世約定

孤單地飄零
是孤獨的心情
時空轉換的背景
是千里迢迢的獨行

熱鬧的多情
纏繞綿綿的情絲
煩惱的心疼　是心動
光怪陸離的情境

前塵往事的浮影
都是過去的背影
心生的一夢
四季的風吹個不停

沈迷夢境不醒

看不見黎明

今世的離奇彩色夢境

只是前世的約定

初冬的野菊

野菊花開依舊

初冬寒雪不見眉皺

也不見低頭

沒恨沒憂

沒有孤芳的情愁

只是不知為誰守候

會為誰回首

你將被誰情摟

心是否顫抖

身旁的石頭

白雪殘留

好像在對野菊對白

無限感慨

經歷了風霜如滄海

你芳香依然如舊

心中的紅豆

情真美麗為誰守

那份清新脫俗

讓人看不夠

緣份的愛戀

遇見了　彼此愛戀

遇見了　彼此思念

這是兩顆心　千年的糾纏

種下的愛的因緣

能否到白頭的老年

也要看前世因的計算

表現在今世因果的心現

能不能彼此見面

能不能朝夕相處

那真是緣份的體現

關鍵是兩顆心是如何糾纏

如何繼續以後的緣

這就是種子識裡

來世兩顆心故事的前緣

這就是以後所謂愛的故事

心在執著的海裡表演

繼續演繹妄念的浪漫

備註：種子識，一切種子識為所有生命最初的根本

識，又稱阿賴耶識、如來藏識。

彩色還在心裡

夕陽下　河畔座椅

柳枝隨風依依

鳥兒鳴唱

卻感覺靜寂

愛　如同時間流逝

杯中紅酒

和著夕陽餘暉

飲下這杯紅色記憶

美麗淡去

彩色還在心裡

秋風涼 一夢好睡

秋風涼　好睡

一夢到了邊陲

那裡有我的相思

有朝思暮想打開的心扉

豪氣沖天　濁酒心醉

情牽愛河流水

曾經牽腸掛肚的約會

夕陽下　兩行淚

醒來　是一夢睡

嘴裡還有酒香的殘味

不想從夢裡回歸

心　真的還想接著幻寐

不再回首　不再看

眼睛像清澈的碧潭

微笑的嘴微彎

眼睛裡沒有瑟寒

只有款款的溫暖

聽不到輕嘆

風見了也回首

因緣的腳步也變慢

清澈的光點

竟然會將心燈點燃

從此心不再飄零

居住在山底河畔

心也安住在你的雙眼

其它的模樣

從此不再回首　不再看

春花已凋

春花已凋
芳香不再飄
不知是誰心焦
猶如魂消
只有等過了寒潮
盼來年春早

春花已寂寥
痴戀到今朝
輪迴四季路迢迢
相思難了
如同烈火燒烤
心無處可逃

晃 動

心兒會痛
情感未空
寒氣正濃
有了嚴冬

執著消融
覺悟才懂
鮮花晃動
也會從容

朝露沾染衣裳

人生醉了一場
夢裡泛著波浪
不知為誰念念不忘
心裡老是打著思量

朝露沾染了衣裳
一抹靜靜的晨光
好似隨緣尋常
從此　情思柔曼幽長

是心製作了佳釀
有了傾訴的花廊
只是遙遠無苦的故鄉
沒有炙熱　只有清涼

忘不了的名字

放不下　又說不出
心　也忘不了的名字
緣份既然
不是今生的一世
愛　為何相痴
心　為何又相知
只有對著天說心事

那是有愛無份
傳說的一種解釋
佛法的故事裡
那是一生緣修的不足
如此　心情像烏雲遮日
有些無著落地迷失

你美麗的樣子

為何在命運裡消失

滿腹的疑惑心事

為何不被業風吹逝

讓我在心中的風雨裡

想忘也忘不了你的名字

如來種性

愛恨之情
猶如東風和西風
皆是緣起性空
為何心隨境

山河大地有情
皆是如來種性
為何心中幻影重重
邪非邪　正非正

心在哪裡

山上的景色美麗

微風吹走了倦意

看南北　也看東西

心猿在廣闊的時空裡

駕著雲飛行　意馬

也天馬行空地任意奔馳

忘了山頭上

徐徐風中佇立的自己

我是天　還是山

我又是誰

是否是一棵樹

思維的心在何處

我遍尋不著　心在哪裡

觀相　思維入寂

自從遇見你
花的芬芳就在心裡
從此有了煙雨迷離

自從相望不相及
就有風雨四季
就有了回憶和希冀

相聚了分離
分離了　來世又相聚
相續的心念
相續彩色的世紀
卻是生滅的形識
又讓心不捨得分離

孤獨的佇立

在紅塵幻境裡遊歷

好似無痕卻有痕跡

那是妄念的相續

生出的畫筆

畫出的因果圖示

你我糾纏的故事

心糾葛在

名相取捨的偏執

培養六道裡的習氣

在生滅裡相續

在虛幻裡執迷

虛妄的心　依止

自己的心念形識

形識的美麗

又成了心隨境轉的

鏡像形識

迷惑心的塵世

不停地相續　相續

那是心念在相續

產生無量的形識

形識的名相　又

讓我們生活在境相裡

心又隨著境相轉

迷惑在境相裡

靜心思維形識

依佛法觀止

觀想　讓心清淨入寂

心 生命

兩相望

天各一方

只有心舟走訪

事無常

天地蒼茫

期盼熱心不涼

思過往

曾經輕狂

沒有遠山阻擋

看斜陽

樹梢之上

生命就是時光

命運的飛鳥

悠悠歲月老

你卻在海角

為何生命的種子

卻被命運的飛鳥

銜到了紅塵各一角

成了今生因緣的草

命運的業風

把我們分拋

讓我們無處可逃

只有在心裡

真誠地問你好

表面與燃燒

美麗的濃豔表面
是掩藏的虛假謊言
風霜褶皺卻不見
對著斷壁殘垣
不知真正的火宅
正在心中燒燃

心生一念心厭
本來生滅如電
為何纏綿不斷
不斷地夢幻
幻化的故事連篇
周遊輪迴萬千

落花的嘆息

殘花無奈地嘆息

落葉嗚咽地哭泣

輪迴的把戲

誰也躲不了的遊戲

默默地無語

心裡藏著痕跡

不說的心裡

刻痕更加深刻入骨

本想好好地陪你

相擁在一起

走過人生的四季

內心也真的愛你

希望你幸福

可是命運的驅使

卻各自東西

從此　就走向了分離

走近你的心裡

是美好的緣起

像是美麗的春季

可是緣份的世界裡

必然會有冬季

再鮮豔的花朵

也會凋謝消逝

相見的心意

只有等待輪轉的來世

等 候

寂寞地等候

等候你的溫柔

瀟瑟的風雨

寒冷的秋

是候鳥南飛的時候

寒風裡花葉飄零

卻把菊花遺漏

芬芳了那麼久

為誰把豔麗守候

是否也有離愁

色彩映在眼眸

心中有一葉輕舟

希望乘著它漂流

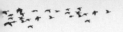

尋找相同的守候

尋找溫暖的手

月兒如鉤

我佇立在窗口

見不到有人回首

更不見有人揮手

期盼等候的心不休

背影已經離去了

背影已經離去幾年
撥動了流逝的琴弦
唱的都是揮手的詩篇
一別　從此山高水遠

日日夜夜地懷念
經歷了幾次的四季
多少思念的無眠
心好像少了一半

情動心牽的眷戀
在心裡說著此情不變
可是　時間像離弦的箭
至今也沒有再見

心兒在情海裡流連
執著自己製造的情感
自己製造的空間
癡迷在情執的心間

心兒飛出心樓

郊外野遊

心也飛出了心樓

沒有了束縛

沒有了要求

好像離開樊籬圍囚

不再需要應酬

心生歡喜

為初秋唱歌一首

初秋的風流

讓樹梢晃悠

熱氣依然逗留

喝一杯清涼的啤酒

讓心輕鬆地隨著

山間清澈的小河流

放逐了心情走
消散了壓抑的愁

秋風悠悠
心情悠悠
不見城市的喧囂
聽不到慾望地嘶吼
放鬆心情
安詳靜修
只有淙淙的水流
鳥兒的婉轉啾啾
看天高雲淡清爽之秋

渡 口

渡口是戲台
也是觀相台

迎來　歡喜地到來
敞開了等候的胸懷
送走　離別苦
從此　有了期盼的等待

看著匆匆的人往來
花了眼睛的窗台
各種心思的臉
有的花謝　有的花開
有的雨潤　有的風來
從此　他們在
阿賴耶識裡盡待

圓 滿

願望的芬芳

心生一縷清香
用真誠飄向四面八方
進入您的生命
進入您的心房
讓我們彼此　結下善緣
在心裡祝福對方

這份真誠的願想
希望為您打開一扇窗
看看不一樣的世界
看看我心中的天堂
讓心中的美好化成翅膀
自在地出去飛翔

希望您快樂好運
多一份消遣的頤養
多一份喜悅的氣象

一切皆是心投射的鏡像
一切隨緣　淨染之相
十法界只是心相
我的心相
是有緣的你
──如意吉祥

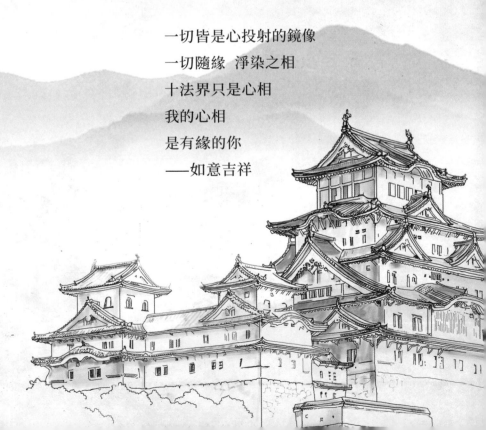

鏡 像 系 列 詩 集

鏡像系列詩集

鏡像系列詩集

鏡像系列詩集

鏡像系列詩集

靈 魂 鏡像詩集

作者	鏡像
發行人	鏡像
總編輯	妙音
美術編輯	彩色 江海
校對	孫慧覺
網址	www.jingxiangshijie.com
郵箱	contact@jingxiangshijie.com
代理經銷	白象文化事業有限公司
	401台中市東區和平街228巷44號
	電話：(04)2220-8589
印刷	群鋒企業有限公司
出版日期	2019年10月　　　初版
ISBN	978-1-951338-35-0　　平裝

定價　　　NT$520

Copyright © 2019 by JingXiang
Published by JingXiang
All Rights Reserved　　　Printed in Taiwan